D1190083

Nous remercions le ministère du Patrimoine canadien,
la SODEC et le Conseil des Arts du Canada
de l'aide accordée à notre programme de publication

    Patrimoine   Canadian
                     canadien   Heritage

ainsi que le Gouvernement du Québec
– Programme de crédit d'impôt
pour l'édition de livres
– Gestion SODEC.

Illustration de la couverture
et illustrations intérieures:
Marc Delafontaine

Couverture:
Conception Grafikar

Édition électronique:
Infographie DN

Dépôt légal: 1er trimestre 2004
Bibliothèque nationale du Canada
Bibliothèque nationale du Québec

123456789 IML 0987654

LE GÂTEAU GOBE-CHAGRIN

Données de catalogage avant publication (Canada)

Dubuc, Maryse, 1977-

    Le gâteau gobe-chagrin

    (Collection Sésame ; 62)
    Pour enfants de 6 à 8 ans.

    ISBN 2-89051-888-4

    I. Titre II. Collection.

PS8557.U238G37 2004   jC843'.6   C2003-942257-7
PS9557.U238G37 2004

MARYSE DUBUC

LE GÂTEAU
gobe-chagrin

roman

**ÉDITIONS
PIERRE TISSEYRE**

5757, rue Cypihot, Saint-Laurent (Québec) H4S 1R3
Téléphone: (514) 334-2690 – Télécopieur: (514) 334-8395
Courriel: ed.tisseyre@erpi.com

UN VOYAGE
EN AVION !

J'adore la semaine de relâche. Mais, cette année, j'ai encore plus hâte qu'elle arrive, car mes parents m'emmènent à Hawaï, rien de moins !

Je vais prendre l'avion pour la première fois de ma vie, mais chut ! je ne suis pas censée être au courant...

Mes parents veulent me faire une surprise.

Cependant, comme je suis très curieuse, j'ai fouillé dans leurs affaires. J'ai trouvé des dépliants touristiques montrant les plages ensoleillées, les forêts luxuriantes, les volcans et les colliers de fleurs.

J'ai tout remis en place. Puis je me suis entraînée à prendre un air surpris. Au début, c'était catastrophique, mais je le réussis plutôt bien maintenant.

— Marilyne! me crie maman. Peux-tu descendre une minute?

Mes parents m'attendent dans la cuisine. C'est le grand moment, j'en suis sûre!

— Marilyne, écoute. Nous avons prévu quelque chose de spécial pour la semaine de relâche.

Ma mère a commencé à parler avant même que je sois assise à

table avec eux. Je saute à califourchon sur une chaise, enthousiaste.

— Dites-moi où l'on va! J'ai tellement hâte de savoir…

Ce n'est qu'un demi-mensonge. Oui, je sais déjà qu'on va à Hawaï. Mais, d'un autre côté, j'ai hâte qu'ils me l'annoncent officiellement.

Ainsi, je pourrai enfin leur dire à quel point je suis contente!

— Commençons par toi.

Par moi? Qu'est-ce que ça veut dire? Ma mère continue:

— Je sais que tu ne vois plus ta mamie très souvent depuis notre déménagement. Alors, tu vas passer toute la semaine avec elle!

Cette nouvelle me tombe dessus avec la légèreté d'une brique. Je n'ai pas besoin d'utiliser le petit air surpris que j'avais mis au point. Je suis tellement étonnée que je ne pense même plus à refermer la bouche!

Mon père me prend la main.

— Ta grand-mère veut réaménager son salon. Nous lui avons dit que tu aimais beaucoup la décoration, et elle a demandé que tu ailles l'aider.

J'adore la décoration, c'est vrai. J'ai même décoré ma chambre toute seule. Mais de là à sacrifier une semaine au bord de la mer pour m'occuper du salon de mamie, il y a des limites!

— Je préfère aller à Hawaï avec vous!

C'est au tour de ma mère d'avoir l'air surprise:

— Comment sais-tu que nous allons à Hawaï?

Je suis bien obligée d'avouer que j'ai fouillé dans leurs affaires. Mon

père a très envie de me gratifier d'une punition.

— Tu n'es pas censée entrer dans notre chambre!

— Ce que vous avez fait est encore bien pire!

Mes parents échangent un regard ahuri. Visiblement, ils espéraient que je prendrais la nouvelle un peu mieux. Ma mère reprend d'une voix plus douce:

— Nous rêvons d'aller à Hawaï en amoureux depuis des années. Et puis, le forfait-vacances que nous avons choisi ne permet pas d'emmener d'enfant…

— Vous n'aviez qu'à en choisir un autre!

Furieuse, je saute au bas de ma chaise. J'ajoute, en me dirigeant vers ma chambre:

— Je vous déteste!

Puis je claque la porte de toutes mes forces.

La vie est trop injuste…

2

L'ARRIVÉE
CHEZ MAMIE

Le vendredi suivant, quand mes parents me déposent chez mamie, ma décision est prise : je vais bien m'amuser, même sans eux.

Quand ils reviendront d'Hawaï, ils seront bien obligés d'admettre que je me suis plus amusée qu'eux.

Et ils regretteront de ne pas m'avoir emmenée.

Comme s'ils ne pouvaient pas faire un voyage d'amoureux quand je suis là! Je les ai déjà vus s'embrasser, et ça ne me gêne pas du tout. J'aurais fait semblant de ne m'apercevoir de rien, comme d'habitude.

Mon père regarde sa montre. Depuis quelques minutes déjà, il tape du pied avec impatience.

— Bon, il faut y aller maintenant.

Ma mère me serre fort dans ses bras. On dirait qu'elle ne va plus jamais me lâcher!

Ensuite, elle commence la traditionnelle série de questions de la mère inquiète:

— Tu vas être sage, ma chérie?

— Oui, évidemment…

— Tu vas écouter ta grand-mère?

— Bien sûr.

— Tu ne vas pas trop t'ennuyer ?

Eh bien là, il ne faudrait pas trop m'en demander ! Je m'ennuierai si je veux…

Je me colle contre elle, pour ne pas qu'elle voie mes larmes.

Je finis par renifler discrètement, puis je la repousse vers la voiture. Elle monte, et ils s'éloignent.

Mamie m'ouvre les bras en souriant.

— Viens ici, ma grande! Je suis tellement contente que tu viennes m'aider à redécorer mon salon!

Ma grand-mère me prend dans ses bras. Elle est si gentille, mamie, et elle sent toujours bon. Rien qu'en sentant ses cheveux, je devine qu'elle m'a préparé des biscuits.

Elle m'entraîne vers la porte d'entrée. Nous empruntons une allée bordée par deux rangées d'immenses lilas.

— On se voit tellement peu, depuis que vous avez déménagé! Je m'ennuie souvent de toi, tu sais?

— Moi aussi, mamie, je me suis ennuyée de toi. On va bien s'amuser toutes les deux, tu vas voir!

Je m'assois à la grande table de bois de la cuisine. Ma grand-mère apporte une assiette de biscuits tout juste sortis du four.

— Certainement, qu'on va s'amuser ! Il faut redécorer mon salon, bien sûr, mais nous aurons droit à de petites pauses par-ci, par-là !

Elle croque à belles dents dans un biscuit. Je ne tarde pas à en gober deux moi-même. Les biscuits de ma grand-mère sont irrésistibles !

— Alors, ma grande, qu'aimerais-tu qu'on fasse, toutes les deux ?

Je ne peux évidemment pas lui demander de m'emmener à la plage dans un pays du Sud !

Mais je connais un autre moyen de s'amuser en hiver.

— On pourrait faire du ski alpin !

— Du ski ? Tu n'as aucune pitié pour mes pauvres genoux ! De plus, mon équipement doit bien dater de l'époque d'Abraham...

Je fais mon possible pour camoufler ma déception, mais ma

grand-mère s'en aperçoit. Elle s'empresse de nous chercher une autre occupation, mais aucune ne lui vient à l'esprit.

— Commençons par nous occuper du salon. Nous verrons de quoi nous aurons envie ensuite. Ton père m'a dit que tu avais beaucoup de goût et que tu pourrais me donner un sacré coup de main! C'est vrai que tu as décoré ta chambre toute seule?

— J'ai tout choisi moi-même, jusqu'à la couleur!

— Je l'ai trouvée superbe. Aurais-tu des idées pour rafraîchir mon vieux salon démodé? Viens voir…

Ma grand-mère m'entraîne dans le salon très sombre, qui sent les vieux meubles et la poussière. Je vais lui retaper ça, moi!

Dehors, les vieux coussins à pois! Finies les couleurs ternes sur les murs! Et ces affreux rideaux jaune moutarde... Moi, la moutarde, je la préfère dans les hamburgers!

Les idées se bousculent déjà. Bien malin qui reconnaîtra le salon quand j'en aurai terminé!

3

UNE GAFFE
PAS ORDINAIRE

Dans les jours qui suivent, nous retournons la maison de mamie sens dessus dessous. Elle qui garde habituellement tout si impeccable!

C'est qu'il faut bien sortir les meubles du salon pour repeindre le plafond et les murs sans risque d'éclaboussures.

Je propose des couleurs à mamie. Elle est tout de suite d'accord, contrairement à ma mère qui avait d'abord refusé de me laisser diriger les opérations dans ma chambre.

J'opte pour un mauve très doux, comme les délicats lilas qui fleurissent devant la maison au mois de juin, et du blanc. Mamie porte souvent ces deux couleurs ensemble, et je veux que son salon lui ressemble.

Elle tient à garder ses vieux meubles, de sorte que nous nous contentons de choisir avec soin un nouveau tissu pour les coussins et les rideaux.

Mamie s'occupe de la couture parce qu'elle a trop peur que je me pique. J'ai le droit de tailler le tissu avec ses longs ciseaux pointus, à la condition de faire attention de couper bien droit et de ne pas me faire mal.

Nous travaillons bien. Après trois jours seulement, le salon est entièrement repeint. Les coussins et les rideaux sont prêts et n'attendent plus que d'être mis en place.

Il nous reste à disposer les meubles d'une toute nouvelle façon. Mais d'abord, nous avons bien mérité une petite pause.

Nous nous assoyons toutes les deux par terre, au milieu du salon, pour contempler notre œuvre. Comme mamie n'a pas l'air confortablement installée, je cours lui chercher un coussin.

En revenant au salon, je trébuche et m'accroche le pied dans un gallon de peinture qui traînait encore sur le sol. En tombant sur le côté, il s'ouvre et – horreur ! – la peinture mauve s'en échappe et

éclabousse le beau salon tout neuf. Il y en a partout!

Mamie m'aide à me relever.

— Ça va, ma grande? Tu ne t'es pas fait mal, j'espère!

Je suis couverte de peinture des pieds à la tête et le plancher en bois verni a pas mal écopé, lui aussi. Mais, surtout, j'ai bien peur qu'il n'y ait rien à faire pour sauver le joli coussin de mamie...

Constatant l'ampleur de la catastrophe que je viens de provoquer, j'éclate en sanglots.

— Oh, mamie! Je suis désolée. Ton beau salon!

— Ce n'est qu'un salon, Marilyne.

Moi qui étais si fière de notre travail! Les larmes coulent sur mes joues, l'une après l'autre, sans que je puisse les en empêcher.

— J'ai tout gâché!

— Absolument pas. Mais toi, tout en mauve comme ça, tu fais peur, tu sais ?

C'est vrai que je ne dois pas être belle à voir. Mamie m'entraîne vers la salle de bain.

— Viens, je vais te faire couler un bain. Tu vas te laisser tremper dedans et oublier toute cette histoire.

Elle s'assoit sur le rebord de la baignoire et ouvre les deux robinets. L'eau coule à flots, et rapidement une réconfortante vapeur se répand dans toute la pièce.

Ma grand-mère ajoute plein de bain moussant. On n'aperçoit même plus l'eau lorsque je m'y plonge.

Je suis bien avec mamie, elle sait me réconforter.

— Prends ton temps et frotte partout, partout ! Pendant ce temps, je vais aller essuyer la peinture sur le plancher, avant qu'elle sèche.

En sortant de la salle de bain, mamie se retourne pour m'envoyer un baiser.

— Ne pense plus à ça, surtout. Ce n'était pas ta faute. J'aurais dû mieux fermer ce gallon.

J'entends les pas de mamie qui s'éloignent, puis qui vont et viennent du salon à la cuisine. Elle doit sortir beaucoup de chiffons pour réparer mon énorme dégât.

Ma mère dit toujours qu'on mesure l'ampleur d'un dégât au nombre de linges qu'il faut pour le faire disparaître. À ce compte-là, je dois avoir battu un record familial!

Je plonge la tête dans l'eau pour me laver les cheveux. Puis, sans que je le veuille, mes larmes se remettent à couler. Cette fois, ce n'est plus la catastrophe du salon qui me fait pleurer. C'est quelque chose de beaucoup plus grave.

Mamie est gentille, mais maintenant que nous avons terminé le salon, je me demande bien ce que nous allons pouvoir faire. J'aurais envie d'avoir mes parents avec moi, tout de suite. Je m'ennuie !

Voilà mamie qui s'approche de la salle de bain. Je dois arrêter de pleurer comme un bébé.

— Oh, ma grande ! Je t'ai dit de ne pas t'inquiéter ! C'est déjà réglé, ça ne paraît plus du tout, tu vas voir. Viens, je vais te sécher.

Ma grand-mère sort une énorme serviette très douce qui m'enveloppe tout entière.

Je ne veux pas lui dire que je m'ennuie de mes parents. J'ai peur de la blesser.

— Ce n'est pas ça, mamie… J'ai de la peine, c'est tout. On dirait que

je ne pourrai plus jamais m'arrêter de pleurer.

Ma grand-mère m'aide à me rhabiller, puis me ramène à la cuisine avec elle.

— Je sais ce qu'il te faut. Dans des cas comme celui-là, quand on est triste et qu'on a l'impression que ça ne finira jamais, il n'y a qu'une seule chose à faire.

— Ah bon ? Et qu'est-ce que c'est ?
— C'est le moment de préparer
un gâteau gobe-chagrin !

4

LA RECETTE
SECRÈTE

Je grimpe sur un tabouret et m'assois au comptoir. C'est l'endroit où ma grand-mère s'installe toujours pour cuisiner.

— Je vais t'apprendre une vieille recette très secrète, qui me vient de ma grand-mère. À la condition, bien sûr, que tu n'en parles à personne.

— Je le jure, mamie.

— C'est la recette du fameux gâteau gobe-chagrin. Je suis la seule personne au monde à savoir le préparer. Veux-tu m'aider?

— D'accord! Qu'est-ce que je dois faire?

— La préparation est très compliquée, et surtout très, très longue. Tiens, voici des noisettes. Peux-tu me les émietter finement avec ce pilon?

Ma grand-mère me tend un instrument de cuisine que je n'ai jamais vu de ma vie. On dirait un minuscule bâton de baseball. Elle me montre comment m'en servir, et je m'occupe de lui piler ses noisettes.

Mamie me fait un beau sourire.

— Tu t'ennuies de tes parents, n'est-ce pas ?

Comment a-t-elle deviné ? Je ne lui ai pourtant rien dit !

— Heu… Oui, un peu.

Mamie s'installe devant moi pour mélanger la farine avec d'autres ingrédients secs.

— Moi aussi, il m'arrive de m'ennuyer d'eux. Et de toi aussi, quand tu es longtemps sans venir me voir…

— De moi ? Donc même les grands-mères peuvent s'ennuyer ?

Mamie éclate de rire.

— Bien sûr ! S'ennuyer de quelqu'un, ça prouve simplement qu'on l'aime profondément.

— Alors, tu m'aimes, mamie ?

— Bien sûr que je t'aime ! Qu'est-ce que tu crois ?

Elle me serre dans ses bras. Ça me fait du bien. C'est tout chaud, et ça sent bon la farine.

—Hé, mamie! Il faut terminer notre gâteau...

Nous nous remettons au travail. Mamie avait raison: sa recette est très compliquée. Nous en avons pour une bonne demi-heure à préparer tous les ingrédients, puis à les mélanger.

Ensuite, nous versons le mélange dans un moule et nous le mettons au four. Le gâteau doit cuire tout doucement.

Comme ce sera très long, nous nous installons à la table de cuisine pour jouer aux cartes ensemble.

Mamie adore jouer aux cartes, alors j'accepte, surtout pour lui faire plaisir.

Nous entamons notre troisième partie de rami, celle qui doit déterminer la grande gagnante, lorsque la sonnerie du four retentit.

Mamie ouvre la porte du four et en retire le gâteau. Il est tout doré sur le dessus et il sent tellement bon ! Elle y insère un cure-dent, qui en ressort tout propre.

— C'est prêt !

Elle démoule le gâteau et le met sur une assiette. Je salive rien qu'à l'idée d'y goûter. Mamie m'en coupe un énorme morceau.

— Aucun chagrin n'a jamais résisté à ce gâteau, crois-moi ! Surtout pas à un aussi gros morceau !

Elle s'en sert une plus petite part, puis nous verse à chacune un grand verre de lait.

— Allez, mange ! Et n'en laisse pas une miette !

Dès la première bouchée, je me sens plus légère. Je n'ai jamais mangé un aussi bon gâteau de

toute ma vie. Je comprends pourquoi il gobe les chagrins !

Je ne relève pas les yeux de mon assiette tant que je n'ai pas dégusté mon morceau jusqu'à la dernière miette. Ma grand-mère m'observe en souriant.

— Alors, ça va mieux ?

— Oh oui, mamie ! Ton gâteau gobe-chagrin est délicieux !

— Tu en veux un autre morceau ?

À la maison, je n'ai jamais droit à une deuxième portion de dessert. Mais avec mamie, tout est toujours mieux.

— Oh oui, s'il te plaît !

Je m'attaque au deuxième morceau sans tarder. Il est tout aussi délicieux que le premier.

— Tu pourras m'apprendre la recette, mamie ?

Ma grand-mère se lève et commence à ranger la vaisselle.

— Quand je serai très, très vieille, tu verras, c'est à toi que je confierai mon secret.

Elle s'approche de moi tandis que je termine mon deuxième morceau.

— D'ici là, chaque fois que tu voudras du gâteau gobe-chagrin, tu n'auras qu'à venir me voir. Je t'en ferai aussi souvent que tu en auras besoin.

Je serre ma grand-mère dans mes bras. Elle est si gentille ! Et tous ces secrets qu'elle connaît !

Je suis contente de savoir qu'un jour, je connaîtrai le secret du gâteau gobe-chagrin…

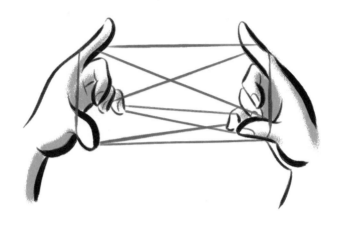

5

MA CHATTE
GRAZOU

Mes parents reviennent me chercher quelques jours plus tard. Finalement, je n'ai pas vu le temps passer.

Avec mamie, il y a toujours quelque chose à faire : des bouquets
pour son nouveau salon, des pro-
menades au parc, le chien d'une
amie à aller nourrir. Elle m'a même

montré des jeux à faire avec une simple ficelle.

J'ai hâte de retourner à l'école pour montrer à mes amies tout ce que j'ai appris durant mes vacances!

Mamie fait visiter le salon à mes parents, qui sont très impressionnés. Ils demandent qui a eu l'idée de cette merveilleuse couleur, et mamie leur répond fièrement que je l'ai choisie toute seule.

Mamie invite ensuite mes parents à souper. Ils répondent qu'ils préfèrent rentrer à la maison parce qu'ils sont très fatigués.

Mes parents reviennent de vacances et ils sont fatigués? Pfft! Ils auraient mieux fait de passer la semaine avec mamie et moi! Nous, au moins, nous nous sommes bien reposées.

Tandis que je me dirige vers la voiture, mamie s'approche de moi et me glisse à l'oreille :

— Surtout, n'oublie pas : si, un jour ou l'autre, tu as besoin d'une grosse part de gâteau gobe-chagrin, viens me voir ! Ta mamie sera toujours prête à en préparer pour sa grande Marilyne !

Je lui donne deux bisous et je monte dans la voiture. Que je suis chanceuse d'avoir une mamie comme la mienne!

Une fois à la maison, avec mes parents, c'est de mamie que je m'ennuie.

Dans les semaines qui suivent, je lui rends souvent visite. J'ai appris comment me rendre chez elle en autobus. C'est à l'autre bout de la ville, mais j'adore ces petites escapades.

Et chaque fois, je reviens avec un sac rempli de gâteries!

Un jour, en rentrant de l'école, je trouve ma chatte Grazou roulée en boule sur la vieille balançoire.

Je m'approche d'elle pour la flatter, mais elle ne réagit pas du tout. Je m'aperçois alors qu'elle ne

respire plus. Ma chatte Grazou est morte !

Je cours chercher ma mère, mais elle ne peut rien faire pour sauver Grazou. Nous la déposons dans une boîte de carton et nous l'enterrons dans le jardin derrière la maison.

Mes parents font leur possible pour me consoler, mais il n'y a rien à faire. J'adorais ma chatte, je voudrais tant qu'elle soit encore en vie ! Je n'arrive pas à m'arrêter de pleurer.

C'est alors que je me rappelle l'invitation de mamie. Un gros morceau de gâteau gobe-chagrin, voilà ce dont j'ai besoin !

6

UNE GROSSE PART DE GÂTEAU

Je prends l'autobus pour me rendre chez mamie. Elle m'attend à l'arrêt, près de chez elle.

Dès que je l'aperçois, j'éclate en sanglots. Elle me prend dans ses bras.

— J'en connais une qui a besoin d'une grosse part de gâteau gobe-chagrin, n'est-ce pas?

— Mamie... Grazou est morte.

Ma grand-mère me prend par les épaules. Je mets mon bras autour de sa taille, et nous marchons ainsi jusque chez elle.

— Tu l'aimais beaucoup, cette chatte?

— Oh oui!

— Raconte-moi quelque chose de drôle qu'elle a déjà fait.

— Quelque chose de drôle? Grazou ne faisait que ça! Elle était tellement maladroite...

Nous entrons dans sa cuisine. Mamie se met immédiatement à sortir des plats de toutes les grosseurs, des spatules, des tasses à mesurer.

Elle mélange des ingrédients tandis que je lui raconte le jour où Grazou a vu la neige pour la première fois.

— Elle reniflait les flocons sur le balcon, mais elle refusait de sortir.

Mamie s'approche de moi, et me donne un plat dans lequel elle a versé de la cassonade. À l'aide d'une grande cuillère, je dois écraser les petites boules qui se sont formées dans le sucre doré.

— Elle avait peur ?

— J'imagine. Alors, je l'ai prise dans mes bras et je l'ai déposée dans la neige. Dès que ses pattes y ont touché, elle s'est dégagée d'entre mes mains, je te jure ! Elle s'est accrochée à un barreau de la galerie avec ses griffes. Tu aurais dû la voir, elle ne touchait plus le sol !

Ma grand-mère éclate de rire, et me tend un autre bol. Celui-ci est rempli de raisins secs. Je dois les vérifier un par un pour m'assurer qu'aucun d'entre eux n'a encore sa queue.

Je continue à lui raconter mon histoire.

— J'ai essayé de l'enlever de là, mais ses griffes étaient plantées tellement fort dans le bois ! Il a fallu que papa me donne un coup de main, et qu'il décroche ses griffes une par une. Ensuite, je l'ai ramenée à l'intérieur, et elle n'a plus voulu sortir pour au moins trois semaines !

— Et finalement, elle s'est décidée ?

— Oui, elle a fini par s'habituer. Mais ça a pris du temps ! Au début, je devais toujours sortir avec elle.

Ma grand-mère laisse échapper un nouvel éclat de rire. Elle prend le bol de raisins secs, l'ajoute à son mélange et le verse dans le moule.

— Mamie, tu oublies quelque chose !

— Ah bon ?

— La dernière fois, il y avait des noisettes dans ton gâteau !

— Tu as raison. Mais cette fois-ci, il n'y en a pas !

Elle ouvre le four et y glisse le gâteau. Puis elle s'installe à la table et commence à brasser les cartes.

— C'est là le secret du gâteau gobe-chagrin : la recette change toujours ! Il faut savoir l'adapter aux gens, aux saisons… Allez, viens jouer aux cartes avec ta vieille mamie!

Je dégringole du tabouret et m'installe à la table avec elle.

Quand le gâteau est prêt, j'en prends deux parts, et mon chagrin s'évanouit… comme la dernière fois.

Bien sûr, je préférerais que Grazou soit encore là. Mais au moins, grâce à la recette secrète de mamie, la vie va pouvoir continuer!

7

LA RECETTE DE MAMIE

Deux semaines après la mort de Grazou, mes parents m'apprennent que mamie est très malade. Nous allons lui rendre visite à l'hôpital.

J'ai peur en apercevant ma grand-mère, étendue sur son lit. Elle a des tubes partout ! Il y en a qui sortent de son nez, d'autres sont piqués dans son bras...

Mamie, fidèle à ses habitudes, fait des blagues avec tout le monde. Mais elle doit souvent faire des pauses, car elle s'essouffle quand elle parle longtemps. Elle tousse également beaucoup, et son visage est pâle.

À un moment donné, mamie demande à me voir seule à seule. Mes parents sont intrigués mais ne posent pas de question.

— Ma grande Marilyne… Je t'ai fait une promesse ce printemps, quand tu es venue passer la semaine de relâche avec moi. T'en souviens-tu?

Je m'approche de son lit et je prends sa main dans les miennes.

— Oui, mamie, je m'en souviens. Tu as promis de me dévoiler le secret du gâteau gobe-chagrin.

— Exact. Approche-toi et ouvre le tiroir de ma table de chevet.

J'ouvre le tiroir. À l'intérieur, il y a une enveloppe à mon nom.

— Prends l'enveloppe. Elle est cachetée, et tu n'as pas le droit de la lire immédiatement. Jure-moi d'attendre d'être à la maison avant de l'ouvrir.

— Je le jure, mamie!

Mamie ajoute:

— Et n'en parle à personne! Toi et moi devons être les seules à savoir…

Une infirmière entre dans la chambre pour prendre la température de ma grand-mère. Elle me conseille également de partir, maintenant. Elle dit que mamie est fatiguée et qu'elle a besoin de repos.

Nous rentrons à la maison en voiture. Durant le trajet, je fais de grands efforts pour m'empêcher de pleurer. J'ai peur que mamie meure, elle aussi. Comme Grazou.

J'aurais bien besoin d'une part de gâteau gobe-chagrin…

Ma mère s'aperçoit que je ne suis pas dans mon assiette.

— Ne t'inquiète pas, Marilyne. Mamie va très vite guérir.

Je ravale mes larmes.

— Tu crois ?

— Bien sûr. C'est normal, quand on vieillit, de devoir aller à l'hôpital de temps en temps.

Elle me caresse affectueusement les cheveux avant d'ajouter :

— Viens, je vais te préparer un bon chocolat chaud.

J'accepte, mais je veux d'abord lire la lettre de mamie.

Je me précipite dans ma chambre. Je m'installe confortablement sur mon lit avec la précieuse enveloppe.

Je l'ouvre doucement, consciente de l'importance du secret qu'il contient.

Ma grand-mère m'a confié, à moi, sa grande Marilyne, la recette du gâteau gobe-chagrin. Je dois être à la hauteur.

Gâteau gobe-chagrin de mamie

Ingrédients

1 tasse de sucre
2 œufs
1 tasse de lait
1/2 tasse de beurre
1 cuillère à thé de vanille
2 tasses de farine
1 cuillère à thé de poudre à pâte
1/2 cuillère à thé de sel

Et tous les autres ingrédients qui nous tombent sous la main et qu'on

a envie de mettre dans un gâteau:
noisettes, raisins secs, pommes,
chocolat, cannelle ou autre.

Préparation

Le secret du gâteau gobe-chagrin
réside dans sa préparation.

D'abord, il faut absolument trouver
quelqu'un qu'on aime pour le pré-
parer avec nous.

Ensuite, il faut prendre bien son
temps pour apprêter les ingrédients,
tout en discutant.

Pour que le gâteau gobe-chagrin soit
efficace, la discussion est très impor-
tante. Il faut se parler en toute
sincérité des vraies choses. Il faut
s'écouter, se serrer fort dans nos
bras et se dire qu'on s'aime beau-
coup, beaucoup.

Quand le mélange est prêt, on le
met au four et on s'installe à table
pour jouer quelques parties de
cartes.

On vérifie si le gâteau est cuit à
l'aide d'un cure-dent, puis on s'en

sert chacun une grosse part.
Si on en a envie, on en prend une
deuxième, mais pas plus!

Cette recette fonctionne à tous les
coups. Avec toi, le secret du gâteau
gobe-chagrin est entre bonnes
mains, ma grande Marilyne!

Ta mamie t'aimera toujours,
ne l'oublie jamais!

En repliant le papier, j'esquisse un sourire. C'était donc ça, le secret du gâteau gobe-chagrin : le préparer avec quelqu'un qu'on aime, tout simplement!

Je suis reconnaissante à mamie de m'avoir prouvé qu'il suffit d'être ensemble, pour être heureux!

Je range la lettre dans le tiroir de ma commode. Puis je descends boire mon chocolat chaud.

8

À MON TOUR...

Le lendemain matin, ma tante Julie vient reconduire mon petit cousin chez nous. Elle dit qu'avec l'hospitalisation de mamie, elle est débordée et doit s'occuper de plusieurs choses à la fois.

Mes parents proposent de l'aider, mais elle a surtout besoin qu'ils se chargent de Samuel pour la journée. Puis elle repart, pressée.

Mon cousin a les yeux tout rouges, et il n'arrête pas de pleurer.

Il doit s'ennuyer de mamie. D'habitude, elle le garde tous les soirs après l'école.

La maladie de mamie l'affecte, lui aussi, même s'il n'a que cinq ans. Il croit peut-être qu'elle va mourir…

Mes parents essaient tout pour le consoler, mais rien n'y fait. Samuel n'a pas l'air de pouvoir s'arrêter de pleurer.

C'est alors que j'ai une idée. Je prends mon cousin par la main et je l'entraîne vers la cuisine.

— Viens avec moi, Samuel. Je vais te préparer un gâteau gobechagrin rien que pour toi.

Mon cousin lève vers moi ses deux grands yeux remplis de larmes. Je l'installe devant le comptoir et j'ouvre l'armoire. J'y trouve une tablette de chocolat noir que je lui tends.

— Je vais avoir besoin de ton aide. Prends cette tablette. Tu dois la casser en petits morceaux bien égaux. Vas-y, je te fais confiance.

Mon cousin s'absorbe dans sa tâche, oubliant pour quelques minutes de pleurer. J'en profite pour aligner les autres ingrédients sur la table.

Le gâteau gobe-chagrin d'aujourd'hui sera au chocolat, et c'est à mon tour de le préparer pour aider quelqu'un d'autre!

— Tu t'ennuies de mamie, hein Samuel?

Il me répond d'une voix à travers laquelle perce sa tristesse.

— Oui…

— Tu sais quoi? Je suis certaine que mamie aussi s'ennuie de toi.

— Tu crois ?

— J'en suis sûre. Parce qu'elle t'aime beaucoup.

Si j'osais, je serrerais mon cousin dans mes bras, mais je me contente de lui passer la main dans les cheveux.

À ma grande surprise, c'est lui qui se précipite contre moi ! Je lui fais un gros câlin.

— Tu es gentille, Marilyne...

Quelques parties de cartes plus tard, je sors le gâteau du four. J'en coupe deux gros morceaux. Un pour mon cousin, et un pour moi, parce que moi aussi je suis triste que mamie soit à l'hôpital. Nous nous installons à table pour le déguster. Mon cousin en prend d'énormes bouchées.

— Hum... C'est bon !

En fait, je dois admettre qu'il est un peu trop cuit, mais peu importe :

il est efficace quand même. Pas mal, pour un premier gâteau gobe-chagrin !

À sa sortie de l'hôpital, je raconterai cet épisode à mamie. Elle sera fière de sa grande Marilyne…

TABLE DES MATIÈRES

Photo: Marc Delafontaine

Maryse Dubuc

Maryse Dubuc a toujours voulu écrire. Avant même de mettre le pied à l'école, elle suppliait déjà sa mère de lui enseigner les rudiments de l'écriture. Aujourd'hui, après des études en lettres françaises, elle écrit un peu de tout : des livres pour les enfants, des romans pour adolescents et même des scénarios de bandes dessinées. Son ambition est d'écrire des histoires qui font du bien, qui donnent envie de se rouler dans une couverture douce et de pousser un grand soupir de bonheur. Elle vit en Estrie, à Lennoxville, avec son compagnon, Marc Delafontaine, son illustrateur préféré.

Collection Sésame